Horst Haitzinger

Das Beste zum Schluss

stiebner

Liebe Leserinnen und Leser,

nach meinem energisch verkündeten Berufsende als politischer Karikaturist, hatte ich das Bedürfnis nach einer längerfristigen Erholung vom Thema Karikatur generell.
Diese beabsichtigte Abstinenz durchbreche ich nun zumindest mit der vorliegenden Buchveröffentlichung, die auf Grund von Überlegungen und Argumenten zu Stande kam, die ich meinem Verleger in die Schuhe schieben darf.

Der Gedanke an einen stichprobenartigen Rückblick auf ein halbes Jahrhundert, ausgewählt aus etwa 15.000 Karikaturen, die in Büchern noch nicht veröffentlicht waren, erschien mir letztlich doch auch irgendwie reizvoll.

Das Unternehmen aus 15.000 Zeichnungen einen Extrakt von 150 Beispielen herauszufiltern, ist durchaus geeignet, eine Nervenkrise zu provozieren, andererseits die angemessene Beschäftigung für einen Ruheständler während des coronabedingten Shutdowns.

Quälend bei der Auswahl politischer Karikaturen ist immer wieder der Umstand, dass die Bedeutung eines politischen Geschehens und die Witzigkeit einer Idee durchaus nicht immer gleichwertig sein können. Ich kann mich heute noch über Einfälle erheitern, die sich auf relativ belanglose Tagesereignisse bezogen (Wirtschaftsminister Brüderle an der Bar. S. 83) während einer Ungeheuerlichkeit wie dem 11. September 2001 kein satirischer Einfall gerecht werden kann!

Ich bitte deshalb um wohlwollende Nachsicht, wenn die getroffene Auswahl dieser Sträflingsarbeit nicht unbedingt die bedeutendsten Ereignisse der letzten 50 Jahre abbilden, sondern, ganz subjektiv, Lieblinge zum Zuge kommen lässt, die es aus Platzgründen nicht in die regulären Jahresbändchen geschafft haben.

Der Umstand, dass im Anhang an den Karikaturenteil in diesem Buch auch noch einige Beispiele meiner Ölbilder gezeigt werden, darf mit einem Augenzwinkern als Rechtfertigung für den Buchtitel »Das Beste zum Schluss« interpretiert werden.

Meine Gemälde haben viel mit Kindheitserinnerungen und Kindheitsfantasien zu tun und sind insofern für mich als einen 80-Jährigen zumindest »etwas sehr Gutes zum Schluss«.

Das Urteil darüber, ob ein zum Karnickelstall umfunktionierter PKW das Beste zum Schluss oder nur das dicke Ende ist, überlässt der Opa seinen Enkeln und Urenkeln, denen insbesondere beim Zeichnen von Umweltkarikaturen so mancher Gedanke gewidmet war.

Alles Gute wünscht Ihnen allen, Ihr

1970

Tante, müssen wir heute wieder das spielen, was wir wollen?

Im Gefolge von Anti-Vietnamkriegs-Demos und APO-Aktivitäten treibt auch die aufkommende antiautoritäre Erziehung ihre »schönsten« Blüten.

1971

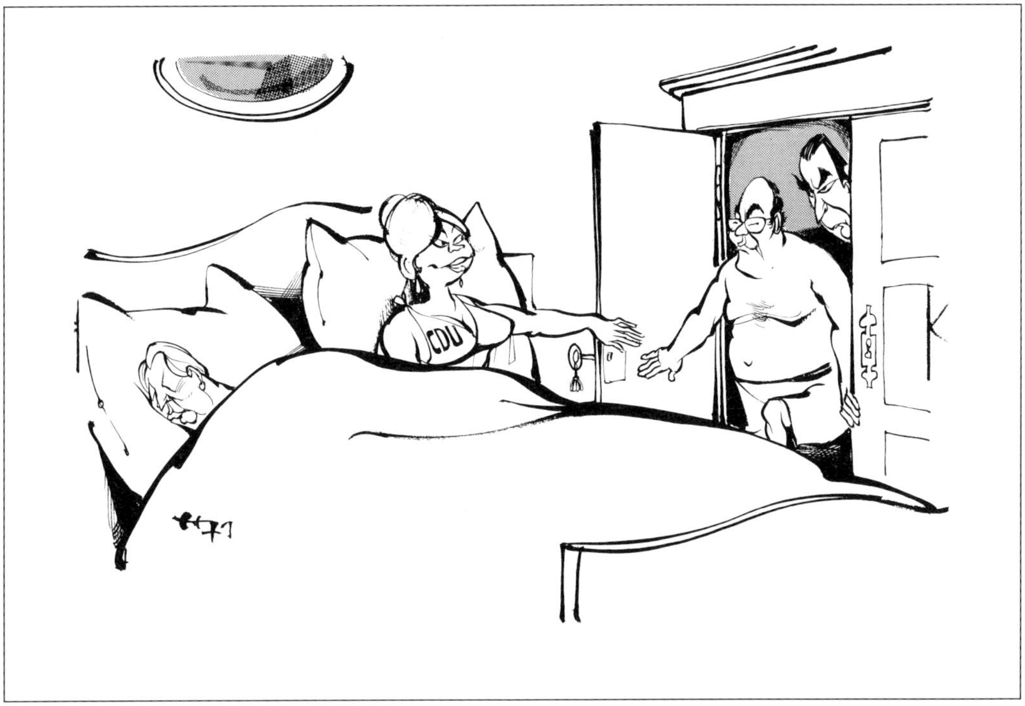

Die Entmachtung vom Bundeskanzler und CDU-Vorsitzenden Kurt Georg Kiesinger durch seine parteiinternen Rivalen Gerhard Schröder und Rainer Barzel bahnt sich an.

»... is was?«

Bundeskanzler Willy Brandt erhält den Friedensnobelpreis für seine Ostpolitik.

Bonner Laokoons

Während sich Kanzler Willy Brandt mit koalitionsinternen Querelen durch Helmut Schmidt und Hans-Dietrich Genscher auseinandersetzen muss, macht die CSU dem Unions-Kanzleranwärter Rainer Barzel das Leben schwer.

Wegen des landschaftlichen Reizes hätt' eine Reise nach Hanoi oder Haiphong auch genügt.

Die ersten Amerikaner landen auf dem Mond, während über Nordvietnam die heftigsten US-Bombenangriffe des Vietnamkrieges niedergehen.

Land der unbegrenzten Möglichkeiten

Richard Nixon vernichtet die ihn in der Watergate-Affäre belastenden Tonbandmitschnitte seiner Amtsgespräche.

1974

Der barmherzige Gerald

Der über die Watergate-Affäre gestürzte US-Präsident Richard Nixon wird von seinem Nachfolger Präsident Gerald Ford begnadigt.

Brandts Sturz

Bundeskanzler Willy Brandt stürzt über den in seine engste Umgebung eingeschleusten DDR-Spion Günter Guillaume.

»Ein Einschreibepaket für Sie!«

Bundeskanzler Helmut Schmidt wird vom US-Times-Magazin zum Mister 1975 gewählt.

1976

»Bitte alles anschnallen und beten!«

Auf den Interimspräsidenten Gerald Ford folgt der als bigott fromm geltende Jimmy Carter.

Entmischtes Doppel

Unabhängig von den beiden Weltmächten nehmen Israel (Begin) und Ägypten (Sadat) zum ersten Mal selbständige Friedenskontakte auf.

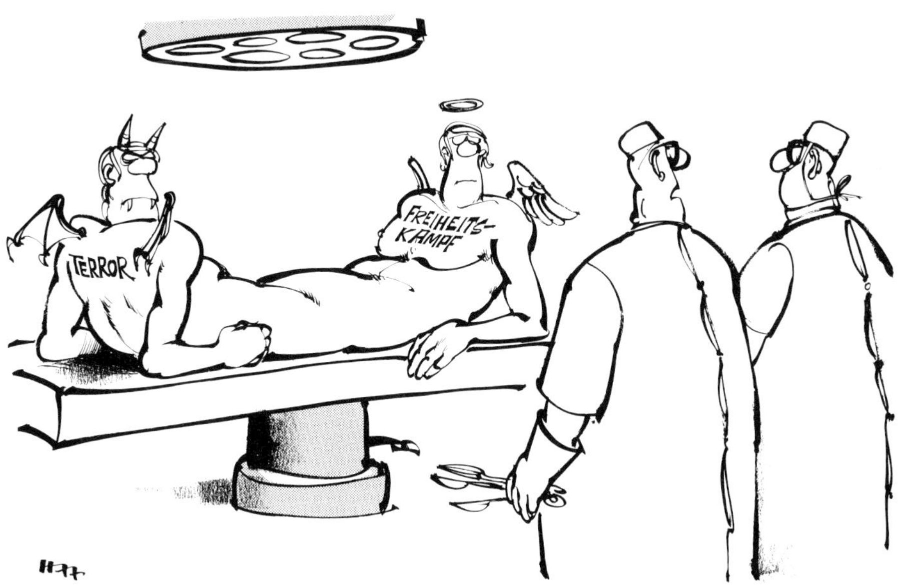

»Wissen Sie ganz genau, wo der eine anfängt und der andere aufhört?«

Mit Terrorakten kämpfen weltweit Freiheitsbewegungen gegen ihre kolonialen Besatzer.

1978

»... nun, das ist doch gleich etwas ganz anderes als diese faschistische Fußball-WM in Argentinien!«

Mit einer pompösen Propagandashow anlässlich der Weltjugendspiele auf Kuba lenkt das Castro-Regime von seinem »sozialistischen« Unterdrückungsregime ab.

»Beruhigung, ich, dein Exorzist, bin bei dir!«

Kanzlerkandidat Franz Josef Strauss setzt im Wahlkampf auf die Angst der Wähler vor Sozialismus.

Polnischer Sektierer

Der polnische Papst Johannes Paul II feiert bei seinem Besuch im kommunistischen Polen überwältigende Triumphe.

1980

»... und jetzt lass den Hirtenbrief vom Band laufen!«

In den Wahlkampf 1980 mischt sich auch die katholische Kirche mit parteipolitischen Empfehlungen ein.

»Darf ich Ihnen einen abnehmen?«

Die beabsichtigten Lieferungen von Leopard-II-Panzern bringen Kanzler Helmut Schmidt in politische und moralische Bedrängnis.

»Ich glaube, wir haben Begin verärgert!«

Amerikanische Waffenlieferungen an Saudi-Arabien lösen in Israels Regierung heftige Proteste aus.

Bonner Geisterstunde

Die SPD-FDP-Koalition, geführt von Bundeskanzler Helmut Schmidt und FDP-Chef Hans-Dietrich Genscher, dämmert ihrem Ende entgegen.

»Holdes Mädchen, der Lenz ist da!«

Nach jahrelangen Spannungen zwischen der Sowjetunion und China bemüht sich Leonid Breschnew wieder um Annäherung.

Miss – Management

Missmanagement wird für den Niedergang des traditionsreichen AEG-Konzerns verantwortlich gemacht.

»Ich weiß auch nicht, vielleicht haben die Viecher den Würzbach irgendwie missverstanden!«

Der Wehrbeauftragte Würzbach verkündet im Bundestag, dass Manövergelände der Bundeswehr auch wertvolle Biotope darstellen.

Gesichertes Wachstum!

Die Kanzlerschaft Helmut Kohls verspricht eine ertragreiche Zeit für die Satire zu werden.

1983

»Wir können natürlich die Informanten und Entdecker nicht preisgeben, aber erstrangige Experten bestätigen, dass es der Echte ist!«

Mit der Veröffentlichung der zunächst als echt bezeichneten, gefälschten Hitler Tagebücher, leistet sich das Magazin ›Stern‹ eine bis dahin noch nie dagewesene Blamage.

1984

Sie hörten die Vollendete!

Herbert von Karajan verlässt im Zerwürfnis die Berliner Philharmoniker.

»Hilfe, ich bin ein BRD-Flüchtling!«

Der DDR-Staatsvorsitzende Erich Honecker malt ein bedrohliches Bild einer westlichen bzw. amerikanischen Aggressionspolitik.

»Pfui Teufel, eine bösartige Giftschlange!«

Die imperialistische Außenpolitik der USA in Südamerika ist mit Schuld am Erstarken kommunistischer Guerilla-Bewegungen auf diesem Kontinent.

Bonner Szene

Nach der Enttarnung des Brandt-Referenten Günter Guillaume als DDR-Spion fliehen zahlreiche Sekretärinnen von hohen Bundespolitikern aus Angst vor Enttarnung in die DDR.

»Ronnie!!! Du hast im Traum schon wieder ›Maggi‹ gestöhnt!«

Die konservative Premierministerin Englands Margaret Thatcher und der ebenso konservative US-Präsident Ronald Reagan sind sich zugetan in enger politischer Freundschaft.

Willkommen im Fitness-Center Reagan

Trotz eines riesigen Staatsdefizits kündigt US-Präsident Ronald Reagan ein milliardenteures Weltraum-Waffensystem (SDI) an.

»Na Herr Blüm, wie fühlen wir uns denn?«

Auf dem äußerst schwierigen Gebiet der Arbeits- und Sozialpolitik kann es Arbeitsminister Norbert Blüm niemandem Recht machen.

1986

»Ronnie, du bist am Zug!«

Während Michail Gorbatschow in der Abrüstungsfrage auf Nulllösungen drängt, propagiert US-Präsident Ronald Reagan ein weltraumgestütztes Waffensystem, das Europa sehr skeptisch verfolgt.

»Im Süden hab ich mich ziemlich erweitert, aber der Norden hält nicht mehr so recht!«

Spanien und Portugal treten der EG bei, in Dänemark wächst die Kritik an der Gemeinschaft.

»Das dürfte mindestens den Luftabwehrchef wieder den Job kosten!«

Die Landung des jungen deutschen Sportpiloten Mathias Rust auf dem Roten Platz in Moskau bedeutet eine Riesenblamage für die sowjetische Luftabwehr.

»Kinder, nehmt doch Butter!«

Während die Europäische Gemeinschaft (EG) unter einem Butterberg stöhnt, eskaliert zwischen den NATO-Mitgliedern Griechenland und Türkei ein Konflikt um Öl in der Ägäis.

»Tja, Hans-Jochen, wenn du mal 23 Jahre lang die linke und die rechte SPD zusammengehalten hast ...«

Willy Brandt gibt den SPD-Vorsitz ab, Hans-Jochen Vogel wird Nachfolger.

Oh du Fröhliche

Dezember 1988: Mit Bangen hofft die Bevölkerung der DDR, die von Michail Gorbatschow eingeleiteten Reformen auch in ihrem Staat zu verwirklichen.

1988

»Verdammt, wo kriegen wir denn jetzt Sprit her!«

Mit dem Tod von Franz Josef Strauß kommt der FDP der beliebteste Hauptgegner abhanden.

High Noon

Aufgrund strengerer Lebensmittelgesetze bahnt sich zwischen USA und Europa ein Konflikt über US-Rindfleisch-Export in die EG an.

»Auf den war halt noch Verlass!«

Michail Gorbatschows wiederholte Abrüstungsvorschläge bringen die militärischen Hardliner in der NATO in Bedrängnis.

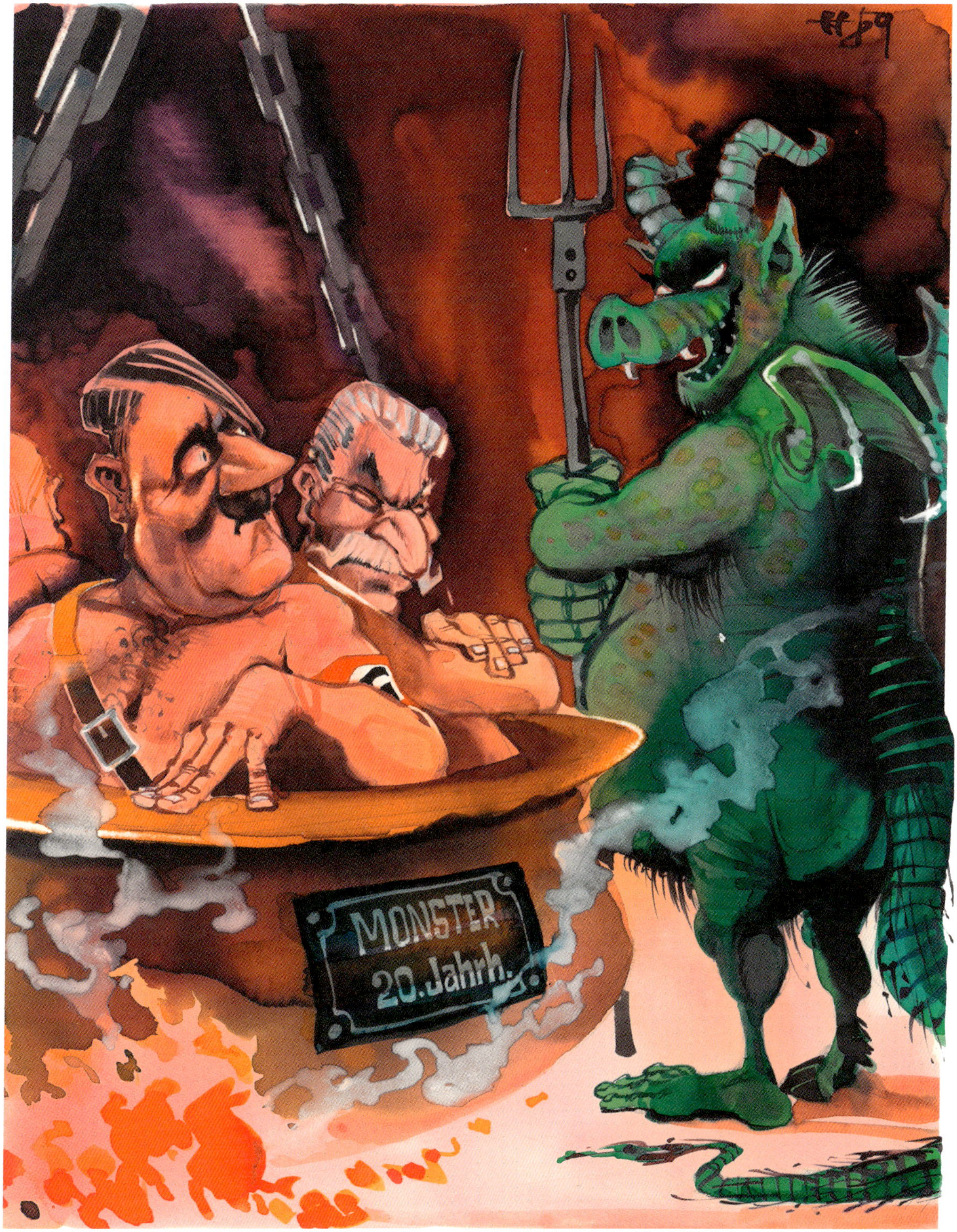

»Zusammenrücken! Demnächst kommt noch einer aus dem Iran«

Irans oberster Religionsführer und Diktator Ayatollah Khomeini ist gestorben.

1990

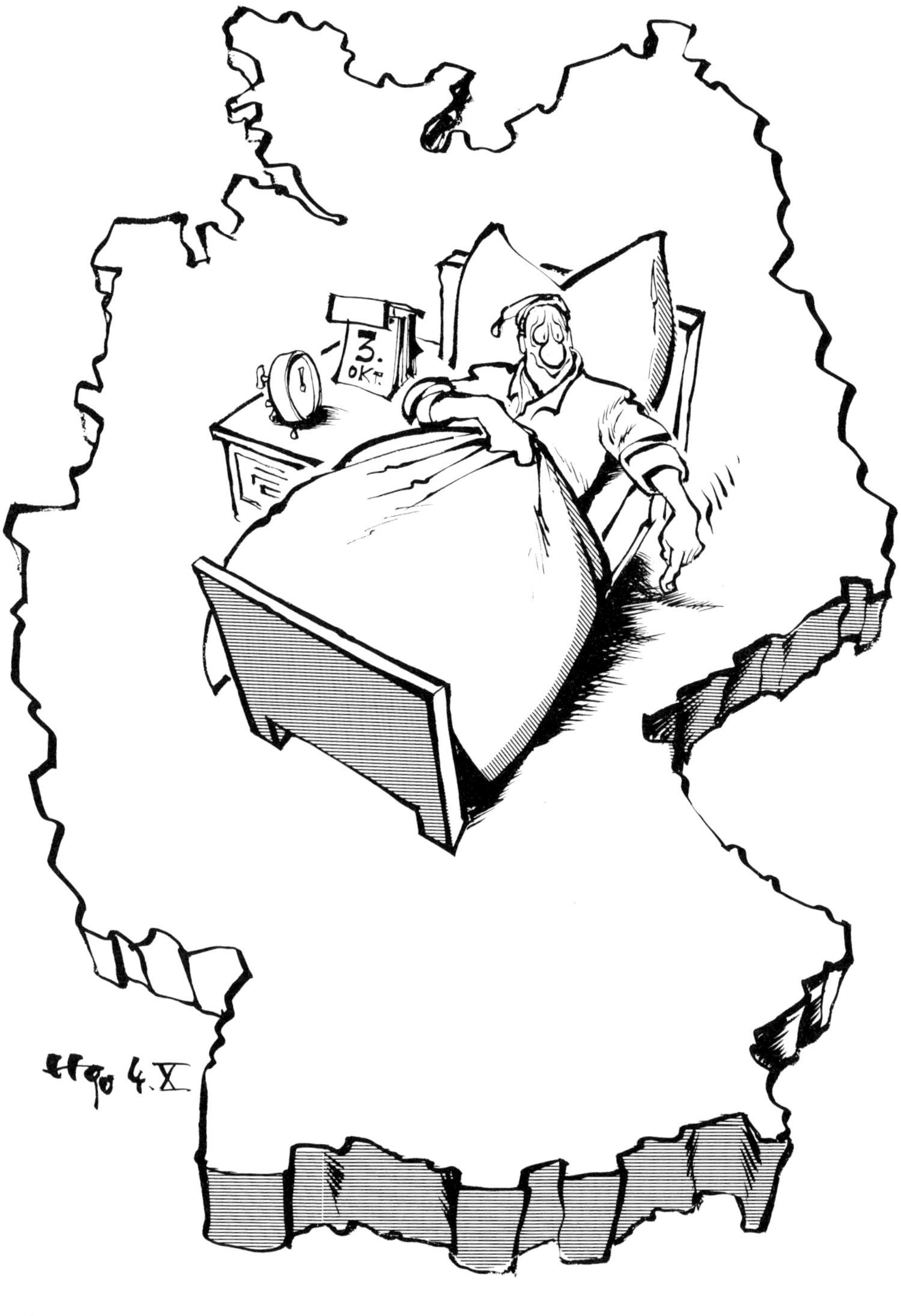

»Irre, ich hab's tatsächlich nicht geträumt!«

Eine längst nicht mehr für möglich gehaltene politische Entwicklung beschert Deutschland die Wiedervereinigung.

1990

Jetzt kann's hier richtig gemütlich werden.

Während sich weltweit die politische Landschaft aufzuhellen scheint, werden erste Anzeichen eines dramatischen Klimawandels erkennbar.

»... welch ein Jubel, welch ein Trubel, wird in diesem Hause sein!«

Dezember 1991: Deutschland erkennt das im Jugoslawienkrieg völlig zerstörte Kroatien nach langem Zögern endlich als selbständigen Staat an.

Der Abschieber

Boris Jelzin schiebt den vom weitgehend entmachteten Michail Gorbatschow noch beschützten Erich Honecker aus Moskau in die Bundesrepublik ab.

Gipfelstürmer

Beim Gipfeltreffen zwischen US-Präsident George Bush und Russlands Präsident Michail Gorbatschow ist dessen innenpolitische Position schon schwer angeschlagen.

Neubeginn

Bill Clinton wird Amerikas neuer Präsident und Hoffnungsträger.

Sturmreife Festung

Finanzminister Theo Waigel steht wegen seiner Weigerung die Steuern zu erhöhen von Opposition und koalitionsintern unter schwerem Beschuss.

Einsparen und Umschichten

Finanzminister Theo Waigel bemüht sich im wiedervereinten Deutschland die Sozialstandards so weit wie möglich anzugleichen.

»Die Werbeagentur rät uns zur Offensive!«

Während der bayerische Ministerpräsident Max Streibl über die sogenannte Amigo-Affäre stürzt, leistet sich der saarländische Ministerpräsident Oskar Lafontaine unbeschadet eine Affäre im Rotlicht-Milieu.

Die andere Lichterkette

Während sich in deutschen Städten Lichterketten aus Protest gegen Ausländerfeindlichkeit organisieren, brandschatzt ein rechtsradikaler Mob bundesweit Asylheime.

Sonnenkönig

Der als Sonnenkönig apostrophierte französische Präsident Francois Mitterand erleidet bei den Nationalwahlen mit seiner sozialistischen Partei eine empfindliche Niederlage.

Kap der guten Hoffnung

Südafrikas Nelson Mandela und Frederik de Klerk erhalten den Friedensnobelpreis.

Witwe in Spe

SPD-Chef Rudolf Scharping signalisiert der Union Interesse an einer Großen Koalition.

Inselverteidiger

Fidel Castro bringt mit der Abschiebung tausender oppositioneller Kubaner die USA in Bedrängnis.

Die Geschichte vom Wettlauf zwischen Polizei und organisiertem Verbrechen

Während die Polizei sich über mangelnde Ausrüstung beklagen muss, perfektioniert das organisierte Verbrechen seine technischen Möglichkeiten.

Nichts Neues aus der Verhaltensforschung

Auch in diesem Jahr vollziehen die Tarifpartner IGM und Arbeitgeber das ewige Drohritual um Streik und Aussperrung.

»Bemüh dich nicht Bill, das Telefon ist auch schon gesperrt!«

Der US-Kongress zwingt die Regierung unter Bill Clinton mit einer Haushaltsperre zu drastischen Sparmaßnahmen.

Die europäischen Staatsmusikanten

Rücksichtsloses Profitstreben ist eine wesentliche Mitursache für das Ausbrechen der BSE-Seuche in Europa.

»... nicht, dass wir da was falsch machen!«

Der Verfassungsschutz erwägt das Verbot der gefährlichen Scientology-Sekte.

1996

»Na, Norbert, wieder mal ne kleine Reparatur nötig?«

Arbeitsminister Norbert Blüm befindet sich mit der Renovierung des Rentensystems auf seiner Dauerbaustelle.

»Ich Ihnen??? Sie haben mir wieder ein vergiftetes Produkt ins Regal gemogelt!«

Im Wahlkampf bezichtigen sich Union und SPD gegenseitig über falsche Anschuldigungen des Gegners.

Es wird immer schwieriger in Deutschland an bezahlbare Kindergarten- oder Altersheimplätze zu kommen.

Deutschland – oben und unten

In Deutschland vertieft sich die Kluft zwischen Arm und Reich.

Absteiger

Die Supermänner Bill Clinton und Boris Jelzin enden ziemlich kläglich als Sexaktivist und Alkoholiker.

Mutter Kirche

Papst Johannes Paul II verbietet die von deutschen Bischöfen empfohlene Schwangerschaftsberatung.

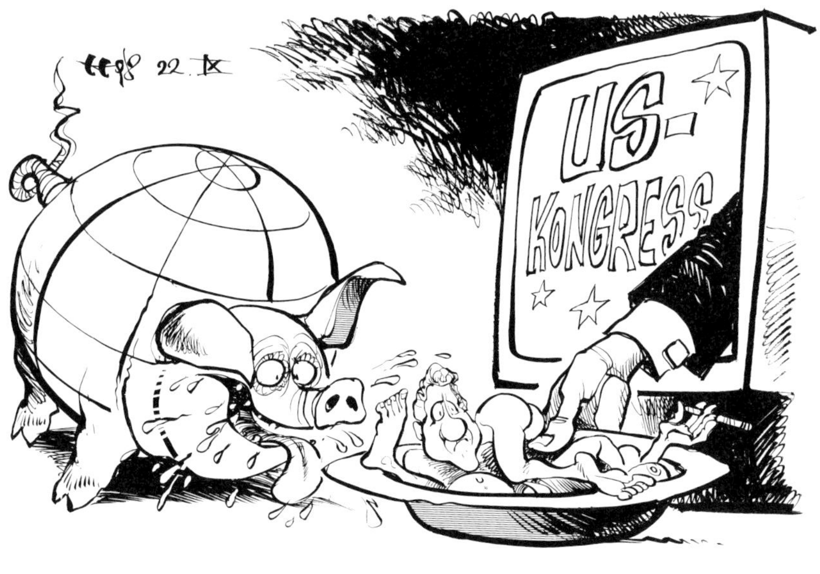

Das (vorläufig) Letzte, aus dem Land der unbegrenzten Möglichkeiten!

Mit immer neuen Details aus der Lewinsky-Sex-Affäre füttert der US-Kongress
eine lüstern-gierige Weltöffentlichkeit.

»Kannst mich mal wieder kurz ablösen, Saddam!?«

Im jugoslawischen Bürgerkrieg ist Präsident Slobodan Milošević der gnadenloseste Kriegsbetreiber neben dem irakischen Diktator Saddam Hussein.

Hochzeitsreisende

Nach dem Abgang von Oskar Lafontaine als SPD-Chef übernimmt dieses Amt der in der SPD eher mit Vorbehalt betrachtete Kanzler Gerhard Schröder.

Der Umzug von Parlament und Regierung von Bonn nach Berlin ist vollzogen.

Kammerjäger

SPD-Innenminister Otto Schily bereitet ein Verbot der NPD vor.

2000

Dompteur Merz lässt nichts unversucht!

CDU-Fraktionsvorsitzender Friedrich Merz versucht vergebens Ex-Kanzler Helmut Kohl in der CDU-Spendenaffäre zu einer Aussage zu bewegen.

Im Netz

Im Internet macht sich eine beängstigende Zunahme von rechtsextremer Propaganda an Jugendliche breit.

Gesundheitsministerin Ulla Schmidt beklagt die ewig steigenden Kosten im Gesundheitswesen.

Soweit die Flügel tragen ...

Die uneingeschränkte Solidarität die Kanzler Gerhard Schröder nach dem 11. September den USA zugesichert hat, wird vom grünen Koalitionspartner zunehmend in Frage gestellt.

»Hat hier jemand ›Anfänger‹ gesagt?«

Weltweit gilt George Bush bei seinem Amtsantritt als neuer US-Präsident als politisches wie intellektuelles Leichtgewicht.

»... nur ne Frage der Anpassung!«

Das Thema Klimakatastrophe steigt immer drängender ins Bewusstsein der Bürger.

Wiedervereinigung

Die D-Mark hat ausgedient, der Euro ist da!

»Wer ist da eigentlich von wem unterwandert?«

Innenminister Otto Schily gerät in Schwierigkeiten mit der V-Männer-Problematik des Verfassungsschutzes.

»... also dann gute Reise!«

Mit der Aufnahme eines Verbotes endloser Tiertransporte in das Grundgesetz ohne konkrete zeitliche Begrenzung, ist das qualvolle Schicksal unserer Nutztiere noch lange nicht beendet.

»... muss das Rentensystem retten!«

Arbeitsmarkt und Rentenproblem lösen zwischen den Generationen ein gewisses Dilemma aus.

Noch'n Flutopfer?

Das entschlossen publikumswirksame Auftreten Kanzler Gerhard Schröders in der Elbe-Flut-Katastrophe bringt seinen Wahlkampf-Herausforderer Edmund Stoiber ins Hintertreffen.

The day after

Nach dem Sieg über Saddam Hussein versuchen die USA erfolglos im Irak ein demokratisches System nach westlichem Muster zu installieren.

Dickes Ende

Während die CDU einem EU-Beitritt ablehnend begegnet, sieht Kanzler Gerhard Schröder (noch) keine Probleme.

»Na bitte!«

US-Außenminister Colin Powell zaubert einen nicht bewiesenen ABC-Waffenbesitzer Saddam Hussein aus dem Hut.

»In Ordnung, der Nächste bitte!«

Griechenland wird Mitglied der EU.

Treulich geführt, ziehet dahin …

Franz Müntefering wird SPD-Vorsitzender.

»Aha, der schädlingsbekämpfende Gen-Mais!«

Die EU-Kommission bewilligt gegen den Protest von Naturschützern genmanipulierte Agrarprodukte.

»So, jetzt ist es ein echtes Kuscheltier!«

Kanzler Gerhard Schröder und SPD-Chef Franz Müntefering nehmen Korrekturen an den sozialen Härten von Hartz IV vor.

2005

Der Michel, der war kerngesund,
ein schlanker Junge, nicht zu rund.
Er hatte Backen rot und frisch
aß Obst und Magerquark bei Tisch.
Doch plötzlich fing er an zu schrein:
„Ich will nun keinen Quark mehr, nein!
Auch das Gemüse tut mir weg,
denn Döner will ich und Big Mac!“

Am nächsten Tag – ja seht nur her,
da war er schon viel fetterer.
Da fing er wieder an zu schrein:
„In meinen Bauch muß Pizza rein!
Cola will ich, Wurst und Kuchen,
und Eiscreme will ich auch versuchen.“
Tante Ulla warnte sehr,
doch Michel fraß darauf noch mehr.

Am dritten Tag, oh weh und graus!
wie sieht der Michel plötzlich aus!
Doch als Salat nun kam herein,
gleich fing er wieder an zu schrein:
„Schokoriegel will ich, nicht zu klein
und Burgerking noch obendrein.“

Am vierten Tage endlich gar
der Michel eine Kugel war.
Er bracht' zwei Zentner auf die Waag -
der fünfte war sein letzter Tag.

Struwwelpeter aktuell

Eine Studie des Gesundheitsministeriums beklagt die Übergewichtigkeit deutscher Jugendlicher aufgrund ungesunder Ernährung

Noch'n Arbeitsloser!

Deutschland leidet unter Geburtenrückgang.

Moses, made in Germany

Finanzminister Hans Eichel erreicht auf dem EU-Finanzgipfel, dass Deutschland für seine Verstöße gegen die Maastricht-Regel nicht bestraft wird!

Pharma-Labor Schwarz-Rot

Dauer-Problem der Großen Koalition (Merkel-Müntefering Gesundheitsministerin Ulla Schmidt) ist die Gesundheitsreform.

»... warten wir auf die 30%-Spritze?«

Die über massive Überforderung klagenden Krankenhausärzte streiken für eine Gehaltserhöhung um 30%.

»... wenn Sie mich so nett bitten!«

Auf internationales Drängen verlängert die Bundesregierung den Einsatz der Bundeswehr in Afghanistan.

»... bestreikste mal wieder den Nahverkehr?«

Die Lokführergewerkschaft GDL legt mit gezielten Streiks wochenlang Teile des Schienenverkehrs lahm.

Hebelwirkung

Die kleine Lokführergewerkschaft (GDL) demonstriert anschaulich mit welch minimalem Aufwand ein Maximum an Wirkung möglich ist.

Gnade der späten Erleuchtung

Der Rechtsstaat erkennt endlich, dass die NPD von der staatlichen Parteienfinanzierung ausgeschlossen werden muss.

Der Erlöser

Die Wahl Barack Obamas zum neuen US-Präsidenten weckt in Europa kaum zu erfüllende Erwartungen.

»... wenn man ständig zunimmt!«

Die Mitgliedererweiterungen bei EU wie bei NATO lösen eher schwächende denn stärkende Konsequenzen bei den Organisationen aus.

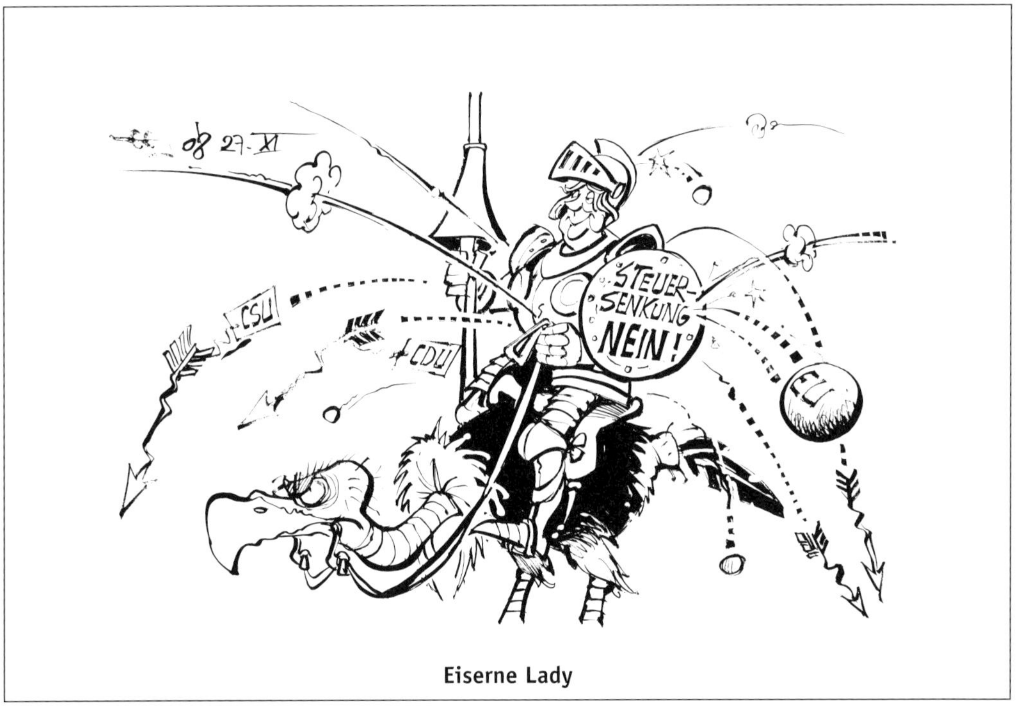

Eiserne Lady

Die Kanzlerin weigert sich standhaft den Forderungen aus den eigenen Reihen nach Steuersenkungen nachzugeben.

»... ruft's überall aus dem Wald!«

In der weltweiten Finanzkrise ist auch die Bundesregierung (Finanzminister Peer Steinbrück) schmerzhaft mit Bankenrettung gefordert.

»... was mach ich nur falsch??«

Die politische Linke in Deutschland gliedert sich zunehmend auf Kosten der SPD.

Besonders eklatanter Fall von Spielmanipulation

Aufgedeckte Bestechlichkeit, Wettbetrug und Spielmanipulation erschüttern die deutsche Fußball-Szene.

Fels in der Brandung

Europaweit ist Kanzlerin Angela Merkel am konsequentesten um die Einhaltung der Maastricht-Kriterien bemüht.

Ruinen von Athen

Das marode Griechenland ist weder zu einer soliden Haushalts- noch Steuerpolitik in der Lage.

Der Abzug

Die USA hinterlassen bei ihrem Abzug aus dem Irak einen absolut instabilen Staat.

»... wir spielen Neo-Nazi und Verfassungsschutz!«

Blamable Pannen und Versäumnisse bei der Verfolgung mörderischer Neo-Nazis bringen den Verfassungsschutz in Misskredit.

Kanzlerin Angela Merkel und Vizekanzler Sigmar Gabriel sind zunehmend uneinig in der Bewertung von Hartz IV.

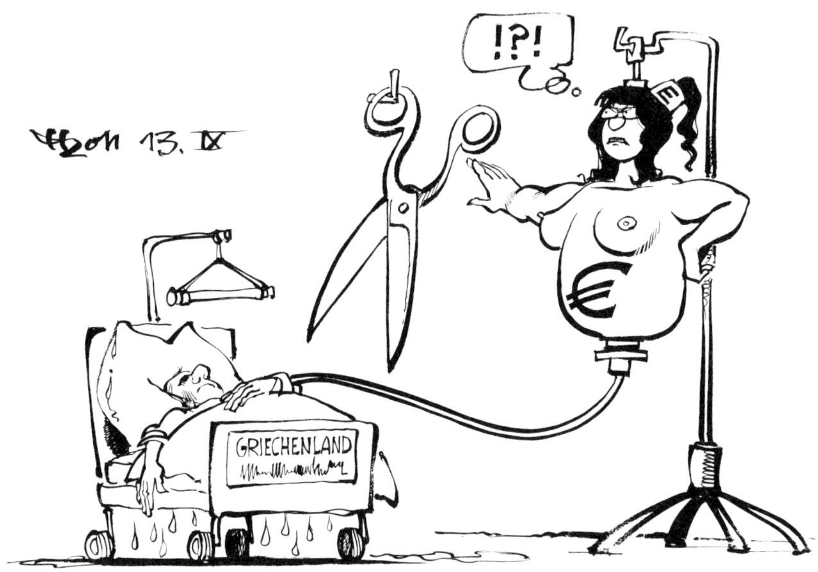

Die europäische Idee

Nachdem sich in der Griechenland-Krise kein Ende abzeichnet, vermehren sich die Stimmen, die die Loslösung Griechenlands von der EU fordern.

Die Europäische Zentralbank (EZB) finanziert die maroden EU-Staaten Italien, Spanien und Griechenland durch den Ankauf vermutlich wertloser Staatsanleihen.

Oh du Fröhliche, oh du Künftige ...

Die Klimaerwärmung dringt zunehmend deutlicher ins Bewusstsein der Bürger.

»... wenn sie jetzt alle in der Krippe wären!«

Betreuungsgeld oder mehr Krippenplätze, höhere Pendlerpauschale usw., die Streitthemen lassen die schwarz-gelbe Koalition im Chaos versinken

Invasion der BEFOS (Bekannte Flugobjekte)

Der Ankauf einer Steuer-CD aus der Schweiz durch den rheinlandpfälzischen Finanzminister löst bei Steuerflüchtlingen in der Bundesrepublik ziemliche Panik aus.

»... nicht so laut!!!«

In der grassierenden EU-Finanzkrise erwirtschaftet CDU-Finanzminister Wolfgang Schäuble einen Haushaltsüberschuss von 8,5 Milliarden.

Stress am Arbeitsplatz

Mit einem harmlosen Kompliment über das Dirndl-Dekolleté einer an der Bar gegenübersitzenden Journalistin handelt sich FDP-Wirtschaftsminister Rainer Brüderle einen wochenlangen Vorwurf wegen sexistischer ›Anmache‹ ein.

Jubiläumsparty auf der Arche

Der Bund Naturschutz in Bayern feiert sein 100jähriges Bestehen.

Deutschland bleibt Vorreiter

Philippinischer Gruß nach Warschau

Während in Warschau wieder eine weitgehend folgenlose UN-Klimakonferenz tagt, verwüstet ein verheerender Orkan Teile der Philippinen.

Der Bundesnachrichtendienst entpuppt sich immer mehr als verlängerter Arm des US-Geheimdienstes NSA.

Die Sanktionsartillerie

Die von der EU verhängten Sanktionen gegen die Krim-Annexion Putins treffen wirtschaftlich auch EU-Mitglieder empfindlich.

Deutschlands Nationalmannschaft gewinnt mit ihrem Trainer Jogi Löw die Fußball-WM.

»... mir ist sowas 1939 auch passiert!«

Der russische Präsident Wladimir Putin behauptet, die in der Ostukraine gesichteten russischen Soldaten seien rein versehentlich dorthin geraten.

Sächsischer Dracula

Die AfD, noch unter ihrem Gründer Bernd Lucke, erzielt bei Landtagswahlen Erfolge vor allem auf Kosten von FDP, CDU und NPD.

In den USA verstärkt sich die Kritik an Präsident Barack Obama.

»... wenn einer fragt, wir kommen aus Syrien!«

Asylanträge aus zu sicher erklärten Herkunftsländern werden abschlägig beschieden.

Konjunkturprogramm

Während der Flüchtlingskrise wird in der Bundesregierung die Auflage eines Konjunkturprogramms erwogen.

Radsport bleibt Radsport

Die Abgas-Affäre von VW bringt auch die anderen Autokonzerne in den Verdacht von manipulierten Abgastests.

2015

»... aber erkannt hätte ich sie nicht mehr!«

Die CDU feiert ihr 70-jähriges Bestehen.

Altkanzler Helmut Schmidt stirbt im Alter von 96 Jahren.

»... gute Nacht!«

Mit finanziellen Anreizen will die Bundesregierung dem akuten Ärztemangel auf dem Lande entgegenwirken.

Die Europäische Zentralbank kündigt an, den unbeliebten 500-Euro-Schein aus dem Verkehr zu ziehen.

Der Saurierrettungsdienst ist unterwegs

Die EU-Kommission erwägt in einer Studie die Entwicklung und Förderung von neuen Mini-Atomkraftwerken.

Die EU verhandelt mit der Türkei

In den Verhandlungen über ein Flüchtlingsabkommen mit der Türkei kann sich die EU auf keine gemeinsame Verhandlungsposition einigen.

Engagierte Anschieber

Mit fragwürdigen Geschäftsverbindungen von Ex-Kanzler Gerhard Schröder und abwertenden Interviews durch Sigmar Gabriel wird der ohnehin mühselige Wahlkampf des SPD-Kandidaten Martin Schulz zusätzlich erschwert.

Großmutter im aktualisierten Märchen.

In der Bundesrepublik werden zahlreiche millionenteure Betrugsfälle von russischen Pflegediensten aufgedeckt.

»... und dass du bis zum nächsten Gipfel wieder fit bist!«

Eine Orgie der Gewalt, der kein angemessenes Sicherheitskonzept entgegensteht, überzieht während des G-20-Gipfels Hamburg.

2017

»... ich bin Reality!!!«

Fake-News war das Wort des Jahres 2016.

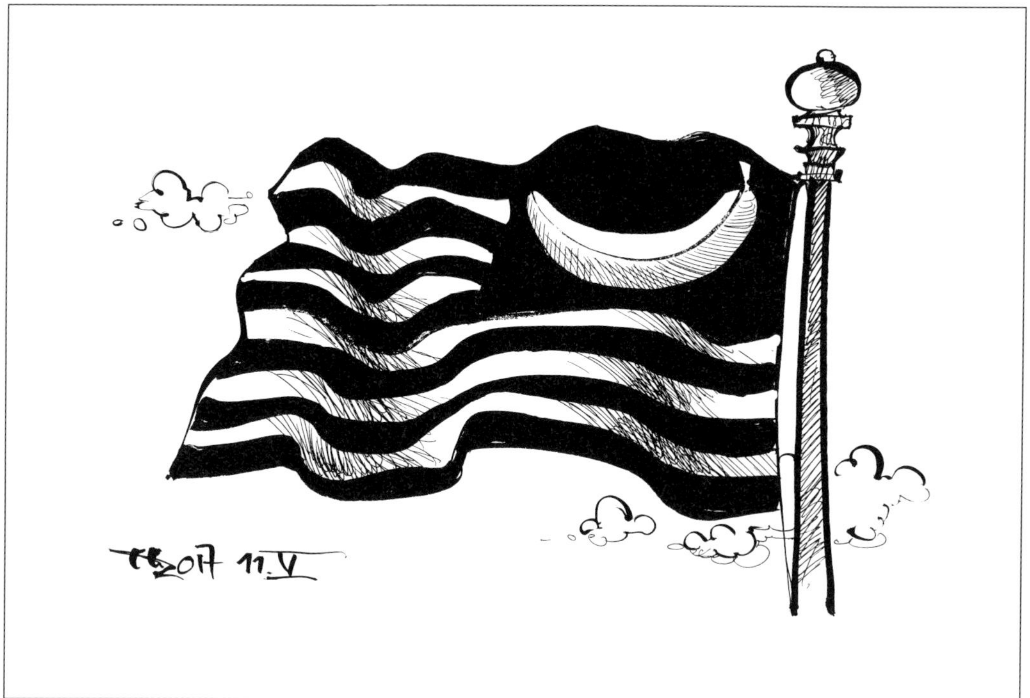

Die USA verwandeln sich unter der Präsidentschaft Donald Trumps.

»... etwas weniger pauschal vorgehen?!«

Während seines Kolumbienbesuches muss Papst Franziskus miterleben wie ein schweres Erdbeben Mexiko und ein Hurrikan über der Karibik zahlreiche Menschenleben fordert.

2018

Saudischer Pinocchio

Nach der Ermordung des saudischen Journalisten und Regimekritikers Jamal Khashoggi in der saudischen Botschaft in Istanbul wird dieser mit einer Kettensäge zerkleinert und entsorgt. Die saudische Regierung bestreitet jegliche Kenntnis von diesem Mord.

»... was zum Köpfen geeignet ist!«

Nach dem Khashoggi-Mord in der saudischen Botschaft in Istanbul werden wieder Forderungen laut, EU-Waffenexporte nach Saudi-Arabien zu verbieten.

Das Ärzteteam wünscht gute Besserung!

Zahlreiche ausländische Mitmischer lassen das im Bürgerkrieg zerschundene Syrien nicht zur Genesung kommen.

»... wieso nicht Höcke, Putin und Trump?!?«

Die Speerspitze

Einer der wichtigsten Mitglieder der NATO, die Bundesrepublik, befindet sich in ihrer Bundeswehr-Ausrüstung in einem desolaten Zustand.

Unwahrheiten, Vertuschungen, Skandale – der US-Präsident scheint dies alles unbeschadet zu überstehen.

Spedition Johnson kurz vor dem Ziel

Englands Premier Boris Johnson hat den Brexit durchgesetzt ohne dass auch nur annähernd der konkrete Austrittsablauf geregelt wäre.

»... die sind alle durch mich an die Macht gekommen!«

Eine demokratische Staatsform erweist sich leider keineswegs als Garantie dafür, dubiose Populisten als Regierungschefs zu verhindern.

Dank Negativzins

Nachdem die Sparzinsen auf Null stehen und sogar Strafzinsen im Gespräch sind, lohnt es sich nicht mehr, sein Geld auf der Bank zu deponieren.

Gestärkte Ränder, geschwächte Mitte

Die Landtagswahl in Thüringen stärkt sowohl den linken wie den rechten Flügel des Vogels derart, dass dieser flugunfähig bleibt.

Der Dammbruch

Der absolute Tabubruch: Mithilfe der AfD wird in Thüringen ein FDP-Kandidat (vorübergehend) zum Ministerpräsidenten gewählt, der Rest ist Corona.

»... und mir muss nichts mehr dazu einfallen!«

Horst Haitzinger verabschiedet sich in den wohlverdienten Ruhestand.

Ölgemälde (von 2009 bis heute)

Gestrandete Arche

ÖL auf Leinwand; 100 x 150 cm

Am Schlossteich

ÖL auf Leinwand; 150 x 100 cm

NIHIL EST SINE RATIONE CUR POTIUS SIT QUAM NON SIT

Fresko

ÖL auf Leinwand; 100 x 140 cm

Illustration eines ungeschriebenen Märchens

ÖL auf Leinwand; 100 x 150 cm

Hommage an Caspar David Friedrich

ÖL auf Leinwand; 210 x 160 cm

Turmbau zu Babel

ÖL auf Leinwand; 160 x 210 cm

Reste von Babylon

ÖL auf Leinwand; 100 x 150 cm

Junge am Teich

ÖL auf Leinwand; 150 x 100 cm

Junge am Brunnen

ÖL auf Leinwand; 100 x 150 cm

Ein Ferientag

ÖL auf Leinwand; 150 x 100 cm

Über den Autor

Horst Haitzinger startete seine Karriere als Karikaturist 1958 mit einer Zeichnung im »Simplicissimus«, wo er ab da ständiger Mitarbeiter war. In der Folge brachte er für viele bekannte Tageszeitungen und Magazine komplexe Themen tagtäglich unterhaltsam auf den Punkt. Seine Zeichnungen und Ölbilder werden auf zahlreichen Ausstellungen im In- und Ausland gezeigt.
Im Winter 2019 beendete er mit seinem 80igsten Geburtstag seine aktive Karriere – aber nicht sein kreatives Schaffen. Jetzt zeichnet und malt er für sich, zur Freude, ganz ohne Termindruck.

Impressum

Bibliografische Information der Deutschen Nationalbibliothek
Die Deutsche Nationalbibliothek verzeichnet diese Publikation in der Deutschen Nationalbibliografie; detaillierte bibliografische Daten sind im Internet über http://dnb.dnb.de abrufbar.

Herstellung: Chiara Hoffmann

Printed in the EU

www.stiebner.com

ISBN 978-3-8307-1708-9